Lk 7 1599

MÉMOIRE

présenté à M. le Maire de Cambrai,

par un Habitant de cette ville,

au sujet de la suppression projetée de l'égoût de la porte St.-Sépulcre.

La justice en tout, la justice envers tous, la justice avant tout.

Des presses de J. CHANSON, Libraire à Cambrai.

—

1836.

1

A Monsieur le Maire de la ville de Cambrai.

Monsieur le Maire,

Connaissant votre amour du bien public et votre zèle pour toutes les améliorations qui peuvent entrer dans vos attributions administratives, je me suis livré à un travail assez pénible, et je le présente aujourd'hui à l'examen de votre sagesse et de votre impartialité.

Une discussion importante s'est élevée dans le conseil municipal, et bientôt aussi entre les habitans de Cambrai. Cette discussion touche à des intérêts délicats, nombreux et variés. La propreté et la salubrité d'une partie considérable de la ville, les droits bien respectables d'un grand nombre de propriétaires, de justes plaintes, des prétentions plus ou moins spécieuses, des griefs plus ou moins illusoires, et peut-être aussi des amours-propres, y sont en cause. Mais c'est le propre d'une bonne administration de savoir discerner la voix de la vérité et de la justice, au milieu de ce concours de voix divergentes, et de faire résulter de ce conflit de réclamations et d'oppositions diverses, une mesure qui satisfasse la raison et l'équité, et dont la sagesse puisse imposer silence, au moins à toutes les passions qui connaissent quelques bornes.

Pour pouvoir arriver sûrement à une bonne détermination, il y a, selon moi, cinq questions principales à examiner mûrement et à résoudre : 1° Est-il convenable, est-il juste de maintenir purement et simplement l'état de choses actuel? 2° Conviendrait-il de le conserver, au moyen de quelques changements? 3° Faut-il rétablir l'état de choses antérieur à 1826? 4° Serait-il bon, serait-il juste d'apporter quelques modifications à cet état de choses? 5° Serait-il prudent, serait-il convenable d'adopter un système nouveau, un système qui ne rentrerait ni dans l'état de choses antérieur à 1826, ni dans l'état de choses actuel?

1ᵉ Question.

Vous trouverez peut-être cette question oiseuse, après la délibération du conseil municipal qui a décidé en principe la suppression de l'égoût de la Porte St-Sépulcre. Mais comme cette délibération se lie étroitement à celle par laquelle le conseil municipal a provisoirement arrêté un nouveau plan pour l'écoulement des eaux de la ville, et que, par suite de l'enquête *de commodo et incommodo*, dont cette dernière délibération vient d'être l'objet, le conseil peut la révoquer et la révoquera très probablement, (du moins il faut l'espérer) on pourrait peut-être soutenir qu'il pourrait également revenir sur celle par laquelle il a arrêté la suppression de l'égoût; puisque d'ailleurs telle est la prétention, tels sont les vœux d'un certain nombre de personnes que le conseil municipal revienne sur cette délibération, j'ai cru ne devoir point négliger la discussion de cette première question : *Est-il raisonnable, est-il juste que l'on maintienne l'égoût souterrain de la Porte St-Sépulcre, autrement dit l'aquéduc?*. J'ai aussi pensé que l'on trouverait dans l'examen de cette question, des considérations et des faits utiles pour la solution des quatre autres.

L'aquéduc dont il s'agit a trompé les espérances des personnes qui en avaient conçu l'idée et appuyé l'exécution ; il a même changé presque toutes ces espérances, en très fâcheux résultats. Il a d'abord établi des bouches de puanteur dans plusieurs rues; mais c'est là le moindre de ses méfaits. Il a converti en marais infects les fossés des fortifications, dans une étendue d'environ sept-cent-soixante mètres de longueur (330 à gauche et 430 à droite de la Porte St.-Sépulcre). Il a fait de tous ces fossés, qui jadis ne renfermaient que des eaux limpides, un immense étang empesté. Aussi, à peine l'égoût fut-il terminé de trois ou quatre semaines, que l'on aperçut, à la surface des eaux, une grande quantité de poissons morts. Les puits d'un assez grand nombre de maisons, dont les eaux étaient renommées pour leur bonne qualité, ont été infectés dans leurs sources. Un certain nombre de maisons ont perdu considérablement de leur valeur, par suite des remblais et déblais qui ont été faits alors : ainsi, par suite de ces travaux, il faut descendre maintenant dans plusieurs de ces maisons, dans lesquelles on montait autrefois ; et on a été obligé de boucher des soupiraux de caves, pour éviter de trop fréquentes inondations.

Tous ces faits sont constants, notoires, incontestables. Il s'agit de savoir si on en maintiendra la cause. Sans invoquer ici des considérations d'hygiène, des motifs de salubrité, en supposant même que l'on puisse avoir la certitude que l'air vif et pur de Cambrai et de ses environs continuera à triompher de l'influence pernicieuse dont la santé des habitants est menacée par les miasmes que l'égoût envoie au loin, et par l'altération des eaux, devrons-nous, pour toujours, faire taire la répugnance bien naturelle, et sans doute bien légitime, que nous éprouvons pour toute mauvaise odeur? Devrons-nous définitivement imposer silence aux murmures de notre odorat ? Devrons-nous, avec l'assurance que la durée de notre vie n'en sera pas compromise, demeurer tranquillement entourés de fange, comme ces animaux qui y trouvent leur élément favori? Sera-ce pour nous le cas de dire à la pourriture : *vous êtes notre mère*; et aux insectes qui y pullulent : *vous êtes nos frères*. Mais, lors même

que nous serions décidés à faire une telle abnégation
de notre délicatesse, serait-il digne de la ville de
Cambrai de continuer à offrir un *bouquet* de cette
espèce aux nombreux étrangers qui lui arrivent,
surtout par la Porte de Paris ?

La question dont il s'agit est donc, selon moi,
pour tout homme exempt de préventions, aussitôt
résolue que posée nettement. Cependant, avant de
condamner définitivement l'aqueduc, voyons si,
parmi les maux qu'il a occasionnés, il n'a point fait
quelque bien, ou fait cesser quelque mal.

L'égoût de la Porte de St.-Sépulcre a été construit
pour faire cesser le désagrément des ruisseaux trop
volumineux, pendant les grosses pluies, dont on se
plaignait dans plusieurs endroits de la ville. L'égoût
a-t-il du moins atteint ce but, procuré ce résultat ?
hélas non ! pour parler le plus brièvement possible;
car autrement on pourrait dire tout à la fois : *hélas oui,
hélas non* ! La vérité est que l'égoût a bien fait disparaître dans quelques endroits l'inconvénient qui vient
d'être mentionné ; mais, par malheur, il l'a transporté dans d'autres. Les endroits incommodés par
les eaux, pendant les violentes pluies, étaient la
rue Neuve, la rue des Liniers, la rue des Juifs, la
place St.-Sépulcre, la rue de la Vierge-Marie et la
rue St.-Fiacre. Eh bien, la rue Neuve et la rue des
Liniers sont, depuis la construction de l'égoût beaucoup plus chargées d'eaux qu'auparavant ; elles sont
beaucoup plus souvent inondées. La place St.-Sépulcre
avait deux ruisseaux dont l'un s'enflait par trop,
lors des grandes ondées : ce dernier, depuis la
création de l'égoût est, à la vérité, réduit à très peu
de chose : l'autre qui était très mince, est au con-

traire beaucoup grossi, et, sans jamais égaler son ancien camarade, il est cependant quelque fois gênant.
En revanche de ce petit allègement, la place St.-Sépul-
cre a été gratifiée d'une bouche d'égoût qui, pendant l'été surtout, n'envoie point l'odeur de rose à
l'entrée de l'évêché et à celle de la cathédrale. Quant
aux rues des Juifs, de la Vierge-Marie et de St.-Fiacre,
il est incontestable qu'elles ont beaucoup gagné, et
que l'ancien inconvénient a entièrement cessé pour
elles. Mais en revanche, la rue des Rôtisseurs, prin-
cipalement dans la partie qui avoisine la grand'place,
est beaucaup plus chargée d'eau qu'autrefois, et
de ce côté, l'abord en est impossible, autrement
qu'au gué, pendant les fortes pluies. La rue du
Séminaire n'a gagné aussi, aux travaux de l'égoût,
qu'une beaucoup plus forte masse d'eaux, et elle
est maintenant assujétie à des inondations qui, ne
lui arrivaient point autrefois. Enfin la partie inférieure de la rue de St.-Georges reçoit, depuis lors,
une plus grande quantité d'eaux ; elle est entièrement submergée, pendant les pluies abondantes.
Ainsi, en somme, la construction de l'aquéduc n'a
que déplacé les inconvénients qu'il s'agissait de détruire et s'il a déchargé quelques points, c'est aux
dépens de plusieurs autres.

Il faut donc conclure que l'aquéduc a occasionné
beaucoup de mal, sans aucune véritable compen-
sation, et qu'il n'existe aucun motif plausible de
le maintenir.

C'est ainsi qu'il arrive quelquefois que des hom-
mes honorables se trompent avec les meilleures intentions, et c'est sans doute le cas de répéter ici que
le mieux est souvent l'ennemi du bien.

2e Question.

Convient-il de conserver l'égoût de la Porte St-Sépulcre, au moyen de quelques changements ?

Cette question pourra encore étonner ; mais puisqu'elle est élevée par un organe assez imposant, il faut bien s'y arrêter, au moins quelques instants.

Il est en général bien difficile de tirer parti de ce qui est essentiellement défectueux ; à plus forte raison de faire quelque chose de bon avec ce qui est tout-à-fait mauvais. Aussi je pense qu'on ne pourrait que se faire illusion sur les palliatifs à appliquer à l'égoût. Cet ouvrage a été mal conçu et mal combiné ; il a en outre été mal exécuté. Au lieu de faciliter le versement des eaux dans l'Escaut, l'aquéduc, après les avoir détournées de leur direction naturelle, et leur avoir imposé une déviation à gauche, les fait tomber sur un point plus éloigné de deux cents mètres de l'Escaut que l'ancien égoût de la rue des Sottes. On a mis bien des fois la main à l'œuvre, on a fait bien des tentatives pour faire prendre à cette masse d'eaux son écoulement vers le fleuve. Vains efforts ! Outre que la distance est grande, la pente est insuffisante ; elle est même nulle. Pour que les eaux pussent franchir un si long espace, il faudrait que le point de départ fût de plusieurs pieds plus élevé que l'Escaut ; et il se trouve que le fond des fossés de la Porte de St.-Sépulcre est aussi bas et paraît même un peu plus bas que le niveau ordinaire de l'Escaut ; ajoutez à cela que, lors des travaux de 1826, on a été obligé d'approfondir le fossé dans une étendue de quinze à vingt pieds à la ronde, pour y faire aboutir l'em-

bouchure de l'égoût ; ajoutez encore qu'à peu de
distance de l'égoût , il y a dans les fossés de St.-Sé-
pulcre , des cavités considérables que l'on a encore
augmentées par les curements qu'on a faits depuis
la construction de l'égoût. Il est résulté de tout ce
que je viens d'exposer que les eaux se sont étendues
à droite et à gauche dans tous les fossés voisins ,
qn'elles ont transformés , comme il a déjà été dit ,
en vaste marais empesté ; et que l'Escaut ne reçoit
que le trop plein, que la légère superficie de cet immense réservoir d'eaux corrompues. Mais lors même
que les eaux eussent trouvé, à la Porte de St.-Sépulcre,
une pente suffisante pour pouvoir décharger leur
masse dans l'Escaut , il en serait encore résulté de
graves inconvénients , parce qu'elles n'auraient pas
manqué de laisser sur leur passage des amas d'im-
mondices et une vase puante. C'eût donc toujours
été , dans tous les cas , une grande faute de n'avoir
pas plutôt dirigé l'aquéduc vers le point de la rue
des Sottes , d'où les eaux s'écoulaient jadis facilement dans l'Escaut.

Quelques personnes ont proposé d'établir une
cunette, depuis l'embouchure de l'égoût jusqu'à
l'Escaut. Si ces personnes entendent ce mot comme
on l'entend ordinairement , c'est-à-dire un fossé dans
un autre fossé, un petit canal découvert creusé dans
le fond plat des fossés des remparts, déjà cette cunette existe; on y a même travaillé, on l'a curée
plusieurs fois depuis la construction de l'égoût ; et
voici quel en est le résultat : tantôt ce petit canal
conduit à l'Escaut le *trop-plein* de la cuve empestée ,
et tantôt au contraire il ramène une petite portion
des eaux de l'Escaut vers la Porte St-Sépulcre , par

la raison que le niveau de l'Escaut et le niveau des eaux de la Porte St-Sépulcre se disputent alternativement la proéminence l'un sur l'autre. Si l'on veut parler d'un canal en maçonnerie et voûté, cette particularité ne changerait pas les lois de la nature, ni les règles de l'hydraulique; et le résultat ne serait pas différent de celui dont je viens de rendre compte; ce serait toujours une parodie de la Roche de Sysiphe, à moins qu'on n'établisse à la Porte St-Sépulcre une machine à vapeur qui fasse d'abord monter les eaux dans un vaste bassin, et les lance ensuite par une pente considérable, vers l'Escaut.

Concluons que le seul parti que l'on pourrait convenablement tirer de l'égoût de la Porte de St.-Sépulcre, ce serait de le démolir, pour en extraire les matériaux, si toutefois ces matériaux en valaient les frais.

3ᵐᵉ. Question.

Faut-il rétablir l'état de choses antérieur à 1826.

L'ancien état de choses avait ce grand mérite qu'il évitait à la ville, aussi bien à l'intérieur qu'autour de son enceinte, tout amas d'eau corrompue. Cambrai jouissait alors de tous les avantages de sa position. Grace à sa situation sur une colline offrant sur presque toute sa superficie une pente bien prononcée sans être trop rapide, les eaux pluviales avaient la facilité de s'écouler dans les divers quartiers, sans pouvoir jamais occasionner d'accident grave. Les pluies extraordinaires avaient encore

moins de danger pour Cambrai que pour beaucoup
de villes bien pourvues d'égoûts. La masse de ses
eaux pluviales allaient directement, et par des filets qui suivaient l'inclinaison naturelle du sol, se
répandre dans l'Escaut, sur sept ou huit points assez
distants les uns des autres. Le seul inconvénient qui
résultait de cet état de choses, c'est que dans plusieurs rues, pendant les fortes ondées, il se trou-
vait des ruisseaux dont le volume incommodait le
passage. Mais, en pareilles circonstances, dans combien de villes, où d'ailleurs les égoûts sont multipliés, n'arrive-t-il pas que l'on est obligé de traverser
certains passages sur des planches ou sur des ponts
volants; je l'ai vu souvent à Paris , à Amiens, à Bru-
xelles. Quoiqu'il en soit, les travaux que l'on a entrepris pour faire cesser ce désagrément, ont abouti
à produire un foyer d'infection, qui, pendant l'été,
répand son influence sur plus de la moîtié de la
ville.

   S'il s'agissait d'opter entre ces petites inondations
momentanées de quelques portions de rues , et l'infection à l'ordre du jour , je pense que les gens de
bon goût n'hésiteraient pas long-temps à se pro-
noncer. En effet , le premier de ces maux n'est que
très-passager, il ne se reproduit pas très-souvent ,
et il ne dure ordinairement que peu de minutes ; le
second est permanent : l'un est gênant, l'autre est,
pour ainsi dire, flétrissant : l'un s'attaque aux
pieds des passants; l'autre aux organes les plus inti-
mes : le premier contrarie; le second soulève. Je le
répète donc, il me semble que les gens de bon goût
et de bon odorat n'hésiteraient pas, dans ce cas,
à donner la préférence aux gros ruisseaux sur l'in

empesté. Mais telle n'est pas la question. Il ne s'agit pas de dire d'un côté : *soumettons-nous à la mauvaise odeur, et nous n'aurons plus de gros ruisseaux*, comme on dirait de l'autre : *résignons-nous aux gros ruisseaux, et nous n'aurons plus la mauvaise odeur.* Mais il s'agit de se décider à n'avoir plus que *les gros ruisseaux, sans l'infection,* où à continuer à avoir tout à la fois *l'infection et les gros ruisseaux.* En effet, il ne faut pas perdre de vue que l'aquédue, qui nous a apporté l'un de ces deux désagréments, ne nous a nullement délivrés de l'autre; et qu'il n'y a eu, à l'égard de celui-ci, qu'un déplacement partiel. Ainsi la question à résoudre en ce moment n'est pas celle de savoir lequel des deux maux est le plus supportable, mais bien de savoir s'il vaut mieux n'en conserver qu'un, que de les conserver tous les deux ensemble. Voilà donc encore une question aussitôt résolue, que clairement posée.

Il est donc évident que le bien public exige que l'on revienne plutôt à l'ancien état de choses qui n'avait qu'un seul des deux inconvéniens dont on se plaint, que de maintenir le mode actuel, qui les réunit tous les deux, et à un degré fort intense. La salubrité, la propreté, la décence même, l'exigent impérieusement. Quelques intérêts particuliers pourraient seuls s'y opposer. Voyons si ces intérêts peuvent balancer un moment l'intérêt public :

Je commencerai par convenir qu'il y a des intérêts particuliers qui peuvent entrer en discussion avec l'intérêt public : ce sont ceux qui sont appuyés sur des droits. Ainsi, si l'utilité publique exige que je sacrifie tout ou partie de ma maison, je ne dois point m'y refuser, mais en même temps, je puis

invoquer mes droits de propriétaire, et exiger une
indemnité pour le préjudice que l'intérêt public
m'impose.

Quand même donc les intérêts particuliers qui
s'opposent à la suppression de l'égout et au rétablissement de l'ancien état de choses, seraient de l'espèce
de ceux dont je viens de parler, ils ne pourraient
point présenter un obstacle sérieux à cette suppression et à ce rétablissement; ils pourraient seulement
réclamer une indemnité. Mais ils ne sont nullement
de l'espèce susdite; ils ne sont appuyés sur aucun
droit; ils n'ont aucun fondement solide. Les propriétaires dont les maisons ont gagné aux travaux
de 1826, par l'éloignement des eaux qui les incom-
modaient dans certains moments, n'ont aucun titre
à faire valoir pour que l'état de choses actuel soit
maintenu. Avant 1826, ils subissaient cette servitude,
de temps immémorial; et de plus, cette servitude
résultait de la situation des lieux, car les eaux suivaient
alors leur pente et leur direction naturelle vers
l'Escaut. Les dix années qui se sont écoulées depuis
les travaux de l'égout, n'ont pu affranchir ces propriétés des servitudes dont il s'agit, puisque ce n'est
qu'au bout de trente ans que la prescription aurait
pu être acquise. Il faut bien que les servitudes
retournent là où elles étaient, puisque le changement qui a été fait est reconnu tout-à-fait fautif.
D'un autre côté, il est de toute justice de délivrer
de ces servitudes les propriétés auxquelles les travaux de 1826 les ont renvoyées, 1° parce que la
prescription n'a pu être acquise contre elles; 2° parce
que ces servitudes incombent légalement et équitablement à d'autres propriétés, par suite de l'assujé-

tissement immémorial et de la situation des lieux, et par le motif de salubrité publique qui veut que les eaux aillent se jeter dans l'Escaut; 3° parce que ces servitudes sont beaucoup plus préjudiciables et plus gênantes pour les propriétaires auxquels on les a imposées en 1826, qu'à ceux qui les supportaient auparavant, témoins ceux dont les puits sont infectés; ceux qui ont été obligés de condamner les soupiraux de leurs caves, pour empêcher l'irruption des eaux, et ceux dont les rez-de-chaussées sont devenus des demi-sous-terrains, par suite des remblais; 4° parce que les maisons des rues autrefois assujéties à recevoir une grande masse d'eaux, avaient toujours été reconnues pour avoir moins de valeur, et que ceux qui les avaient achetées, en connaissaient bien d'avance les inconvéniens, tandis qu'au contraire les maisons auxquelles les plans suivis en 1826 ont renvoyé ces servitudes, ont subi tout-à-coup, par l'effet d'une fausse mesure, une moins-valeur, que les acquéreurs n'avaient nullement pu prévoir; 5° enfin, parce que les maisons des rues autrefois soumises à ces servitudes, avaient été construites avec certaines précautions, pour les garantir de l'outrage des eaux, et que ces précautions n'ont pu être prises pour les maisons auxquelles ces servitudes ont été transportées en 1826.

Concluons qu'il est indispensable que l'on revienne à l'ancien état de choses, puisque d'une part l'intérêt public, de l'autre tous les intérêts particuliers qui reposent sur quelque droit, l'exigent. Nous allons voir ensuite si on ne pourrait pas y apporter encore quelques perfectionnemens.

4ᵉ Question.

Serait-il bon, serait-il juste d'apporter quelques modifications à
l'état de choses antérieur à 1826.

Quelqu'utile, quelque juste qu'il soit, comme je
crois l'avoir démontré, de rétablir l'ancien état de
choses, ce n'est pas à dire, pour cela, qu'il soit in-
terdit d'y apporter quelques perfectionnements, si
cela est possible. S'il y a des moyens d'étendre ses
avantages, sans augmenter ses inconvénients, ou de
diminuer ses inconvénients, sans restreindre ses
avantages, on aurait tort sans doute de ne pas les
employer. Mais l'expérience nous a déjà trop bien
appris qu'il est prudent de ne s'engager qu'à coup
sûr dans la voie des innovations, et qu'il s'y ren-
contre bien des écueils. Je crois donc que pour pro-
céder sûrement, et ne point courir le risque de se
fourvoyer, comme il est arrivé, il importe de poser
ici comme principe, et de prendre pour guide, une
considération qui est maintenant bien établie, et qui
domine toute la cause. Cette considération est celle-
ci : l'ancien mode d'écoulement des eaux était essentiellement bon (comme il a été suffisamment démontré); il avait l'inappréciable résultat de faire
tomber presque toutes les eaux de la ville dans l'Escaut, assez directement et en suivant en général la
pente naturelle du sol; il ne peut donc être permis
d'y faire aucun changement qui soit de nature à éloi-
gner du but important qu'il atteignait; il ne peut
être permis d'y faire d'autres changements que ceux
qui pourraient encore rendre plus facile ou plus com-
plet, le résultat qu'il procurait, ou ceux qui pour-

raient alléger les servitudes de quelques particuliers, sans nuire en aucune manière à ce résultat, et sans empêcher en rien la réparation due aux propriétés auxquelles on a mal à propos transporté ces servitudes en 1826.

Ainsi on pourrait peut-être, sans aucun inconvénient notable pour les particuliers, donner aux eaux, en quelques endroits, un cours encore plus direct vers l'Escaut. D'un autre côté, on pourrait peut-être aussi, sans contrarier précisément la pente naturelle du sol, répartir les eaux dans une plus juste proportion, entre les cinq filets principaux qui les conduisaient à l'Escaut, et qui étaient : 1° la rue du Marché au Poisson; 2° la rue de Fénélon; 3° la rue du Temple; 4° la rue de Prémy; 5° la rue St.-Fiacre et la rue des Sottes.

Le plan qui a été déposé à la mairie par M. Leroy, arpenteur, me paraît en général offrir cette sorte de perfectionnement; et, si j'étais membre du conseil municipal, je serais fort disposé à l'adopter en grande partie; parce qu'il se rapproche beaucoup du système de l'ancien ordre de choses; parce que la plupart des changements qu'il y apporte, bien loin d'en contrarier le but, ne tendent qu'à le lui faire atteindre encore plus promptement et plus facilement; parce qu'il me paraît répartir dans une heureuse proportion les eaux dont il s'agit, en les divisant en cinq filets principaux, long-temps avant qu'elles arrivent aux cinq points de déversement dont je viens de parler. D'un autre côté, le plan de M. Leroy aurait en même temps l'effet si juste et si désirable de faire cesser, du moins en grande partie, le préjudice causé à un grand nombre de maisons

Plan proposé par M. Leroy.

2

par les travaux de 1826. Ainsi, la rue Neuve, la rue
des Rôtisseurs, la rue des Liniers et la rue du Séminaire recevraient beaucoup moins d'eaux. Les maisons du bas de la rue du Séminaire, du coin de la
rue Neuve-Saint-Nicolas et de l'entrée de la rue des
Liniers, sortiraient de l'espèce d'enfouissement au-
quel elles ont été condamnées en 1826. Un autre
avantage de plusieurs dispositions du projet tracé
par M. Leroy, si elles sont exécutées avec l'exacti-
tude et le soin désirables, c'est qu'elles adouciront
les servitudes dans les endroits qui en étaient grevés
avant cette époque, sans cependant occasionner aucun préjudice réel, aucune gêne notable aux propriétés qui alors étaient libres de ces servitudes.
Ainsi la place Saint-Sépulcre, la rue de la Vierge-
Marie et la rue Saint-Fiacre se ressentiront beaucoup
de l'allégement procuré à la rue des Liniers et à la
rue des Rôtisseurs. Enfin le plan dont il s'agit est
divisé en cinq parties qui peuvent s'exécuter sépa-
rément et à des intervalles plus ou moins éloignés,
sans nuire à l'ensemble, en sorte qu'au besoin, on
pourrait les répartir en plusieurs années. Mais la
dépense n'en sera pas excessive, si tout est bien arrêté d'avance, et ensuite bien dirigé et bien sur-
veillé.

Je le répète donc, le plan de M. Leroy est à mes
yeux, dans presque toutes ses dispositions essen-
tielles, très-bon et très-admissible, sauf toutefois les
modifications que je vais exposer.

Première partie du plan de M. Leroy. La première partie de ce plan a pour objet de
rendre aux eaux de la rue de la Porte-Robert et de
la rue de la Herse leur écoulement direct et naturel vers l'Escaut, en leur ménageant le passage par

la rue des Fromages. Tout en approuvant beaucoup cette disposition, je proposerai une simplification dans l'exécution. Je ferai observer que, pour atteindre le but dont il s'agit, il n'est aucunement nécessaire d'établir un nouveau ruisseau, devant l'hôtel-de-ville et sur le marché aux poulets ; mais qu'il suffira de faire un léger remblai à l'entrée de la rue des Trois-Pigeons, du côté de la place au Bois ; et puis de faire correspondre le filet de la rue de la Porte-Robert et de la rue de la Herse à celui de la rue des Trois-Pigeons. De cette dernière rue, les eaux gagneront la rue des Fromages, en traversant la Place, par le ruisseau qui existe déjà, qui a une pente suffisante et qui enfile mieux la rue des Fromages, que ne le pourrait faire le nouveau ruisseau qui traverserait le marché aux poulets. La construction d'un nouveau filet dans les rues de la Porte-Robert et de la Herse ne nécessitera, comme l'observe M. Leroy, aucun déblai ni remblai ; il suffira de bien choisir sa place sur le plan fortement incliné de ces deux rues vers la grande Boucherie, et on pourra, sans inconvénient, laisser subsister le ruisseau actuel qui longe les grandes Boucheries. Après cela, il serait peut-être utile de faire, dans la partie supérieure de la rue des Fromages, le léger déblai indiqué dans le plan ; mais ce dernier travail n'a, selon moi, rien d'urgent.

Cette première partie du plan de M. Leroy contribuerait déjà notablement aux diverses améliorations que j'ai expliquées ; et, au moyen de la simplification que j'ai proposée, elle n'entraînerait qu'une très-légère dépense.

Il est vrai que la rue des Fromages serait assujétie à

recevoir une plus grande quantité d'eau qu'autrefois.
Mais, avant les travaux de 1826, les eaux de la porte
Robert, de l'Epine-en-Pied et de toute cette partie
de la Place-au-Bois, étaient partagées entre la rue
Neuve et la rue de l'Arbre-d'Or. Depuis 1826, c'est
la rue Neuve qui reçoit *seule* toute cette masse d'eaux ;
et après la rue Neuve, c'est la rue des Rôtisseurs ;
et après la rue des Rôtisseurs, c'est la rue des Liniers,
qui subit *tout ce fardeau*. Il ne serait nullement juste
que les choses restassent ainsi. D'un côté, il faut
incontestablement que la rue de l'Arbre-d'Or
reprenne sa part dans cette servitude, et que les
rues Neuve, des Rôtisseurs et des Liniers soient
déchargées de tout l'excédent dont les plans de 1826
les ont gratifiées. D'un autre côté, ne serait-il pas
équitable, puisque cela rentre dans l'ordre naturel
des choses, que la masse d'eaux dont il s'agit soit
divisée en trois portions, comme il suit : les eaux
de la porte Robert à la rue des Fromages, comme il
vient d'être exposé ; les eaux de l'Epine-en-Pied à la
rue de l'Arbre-d'Or ; et les eaux de toute cette partie
de la Place-au-Bois, entre le filet de la rue de
l'Epine-en-Pied et le rang de la Bombe, à la rue
Neuve. Cette part que la rue des Fromages pren-
drait au fardeau de son voisinage ne serait pas pour
elle un surcroît bien considérable : je pense qu'il
ne lui occasionnerait aucun préjudice proprement
dit, surtout aucun préjudice de l'espèce de ceux
occasionnés à plusieurs maisons par les travaux de
1826, mais seulement quelquefois une gêne momen-
tanée, pendant les grosses ondées ; inconvénient
qui a lieu, en pareille circonstance, dans les villes
mêmes où les égouts sont le plus multipliés. Cette

approbation d'une nouvelle charge, pour la rue des Fromages, n'est point contraire aux considérations que j'ai présentées; car d'abord on peut observer qu'il ne s'agit pas ici d'imposer arbitrairement une servitude à une rue pour en affranchir une autre, mais plutôt de faire équitablement venir l'une un peu en aide à l'autre: telle charge, partagée convenablement entre plusieurs, n'est plus qu'une gêne, tandis qu'elle est un véritable préjudice, si elle pèse sur un seul. Après cela, *l'intérêt public*, la raison, *la situation des lieux*, tout ici me semble parler plus haut que l'intérêt particulier.

La seconde partie du projet de M. Leroy rend aux eaux de la rue de l'Epine-en-Pied leur marche directe vers l'Escaut, en même temps qu'elle rend à la rue de l'Arbre-d'Or son ancienne servitude, ou du moins une grande partie de son ancienne servitude. Ce que j'ai déjà dit, à l'occasion du projet relatif à la rue des Fromages, me dispense d'entrer dans aucun développement pour prouver l'équité et la sagesse de cette mesure. Je m'en tiendrai donc à quelques observations sur le mode d'exécution. Je pense qu'ici encore on peut, sans inconvénient, simplifier le remaniement de pavés, indiqué par M. Leroy, et qu'il suffira d'un remblai d'une médiocre étendue, dans la partie de la Place-au-Bois qui avoisine l'entrée de la rue de l'Ange et de la rue Neuve. La rue Neuve devant, d'après ce qui a été dit plus haut, continuer de recevoir les eaux de l'espace compris entre le ruisseau de la rue de l'Epine-en-Pied et le rang de la Bombe, n'aura probablement besoin d'aucun remblai. La rue de l'Ange n'en aura besoin que tout-à-fait à son extrémité,

Deuxième partie du plan de M. Leroy.

dans une longueur de cinq ou six mètres; car, à
compter de ce point, elle offre une pente suffisante
vers la rue de l'Arbre-d'Or, pour y conduire les
eaux de l'Épine-en-Pied. Le ruisseau, qui communi-
quait autrefois de la rue de l'Ange à la rue de l'Arbre-d'Or, existe encore en grande partie : il suffira
de reconstruire le bout qui en a été supprimé, par
suite des travaux de 1826, pour rétablir le cours
d'eaux entre ces deux rues. En même temps il con-
viendra de faire un remblai de quelques pouces de
hauteur et de quelques pieds d'étendue, pour empêcher dorénavant le filet de la rue de l'Ange de se
répandre dans le filet du rang des Drapiers, dans
lequel il se vuide depuis 1826.

Au moyen de ces légers changements, les eaux
dont il s'agit s'écouleront facilement, depuis la rue
de l'Epine-en-Pied, jusqu'à la rue de l'Arbre-d'Or,
et depuis la rue de l'Arbre-d'Or, jusqu'au pont de
Bon-Secours; néanmoins, pour ce dernier trajet, je
proposerai encore une petite modification. Dans la
rue St.-Aubert, qui certes n'est pas très large, à
compter du petit portail de l'Eglise de St.-Géry le
ruisseau se divise en deux : je proposerai que l'on
change cet état de choses, que l'on rétablisse un
ruisseau unique au milieu de cette rue, et que ce
ruisseau ne se divise en deux qu'à l'entrée de la
place Fénélon, pour ces deux branches se réunir
encore en une seule dans la rue Fénélon; et voici
mes motifs : dans les rues étroites, un seul ruisseau
au milieu offre beaucoup plus d'avantages que deux
sur les côtés, parce que, dans ces sortes de rues,
l'unique ruisseau au centre peut avoir presque toujours plus de capacité que n'en peuvent avoir les

deux autres ensemble; et encore parce qu'en cas de
de crues extraordinaires, les caves, dans le premier
systême, sont beaucoup moins exposées à l'inon-
dation, et qu'enfin, lorsqu'il passe des voitures,
les piétons, dans les rues étroites à deux ruisseaux,
n'ont, pour ainsi dire, de refuge que dans ces ruisseaux, les côtés ou rangs n'étant que des casse-cous.
On pourrait peut-être ajouter que, même dans les
rues larges, le système de deux plans inclinés vers
un ruisseau unique est plus favorable à la propreté
et au nettoiement ; mais au moins les rues larges,
outre qu'elles peuvent avoir des ruisseaux d'une
grande capacité, offrent encore l'avantage qu'on y
trouve des trottoirs ou des rangs spacieux. Pour en
revenir à ce qui concerne le trajet des eaux, depuis
la rue de l'Arbre-d'Or jusqu'à l'égoût du pont de
Bon-Secours, par une conséquence de ce que j'ai
dit pour la rue St.-Aubert, je pense qu'il convient
de maintenir, dans la rue de Fénélon, le ruisseau
unique qui s'y trouve ; que seulement il serait utile
de lui donner un peu plus de profondeur, ce qu'il
serait facile d'exécuter, en baissant d'un demi-pied
ou d'un pied le seuil de l'égoût : au moyen de ce
petit changement, on pourrait donner au ruisseau
de la rue de Fénélon la capacité et la forme de celui
de la rue de l'Arbre-d'Or, qui, par sa bonne cons-
-truction, peut servir de modèle à tous les filets à
établir ou à remanier.

Le filet d'eau venant de la rue de l'Arbre-d'Or, Eglise
étant, pendant tout son passage sur la Place Féné- de St.-Géry.
lon, divisé en deux, l'abord du grand portail de
l'église de St.-Géry sera facile, même pendant les
grosses pluies.

Les frais pour l'exécution de la seconde partie du plan de M. Leroy ainsi modifiée seront donc peu considérables.

Troisième
partie du plan
de M. Leroy. Les eaux de la rue St.-Jean avaient autrefois deux débouchés : Le ruisseau de gauche (en descendant) se déchargeait dans la rue du Séminaire ; celui de droite, après avoir traversé l'extrémité de la Place-au-Bois, s'écoulait dans la rue des Rôtisseurs, qui avait alors trois décharges dans la rue des Liniers, savoir : la rue des Lombards, la rue des Juifs, et le coin de la Grand'Place. Le but de la troisième partie du plan de M. Leroy est de faire couler toutes les eaux de la rue St.-Jean dans la rue des Rôtisseurs, et de les diriger ensuite vers l'égoût de la rue du Temple, en les faisant passer par la Grand'Place, la rue Tavelle, et la rue des Ratelots.

Sur ce point, je me trouve en dissidence avec M. Leroy ; je suis d'un avis tout-à-fait opposé ; 1° parce que les eaux de la rue St.-Jean n'ont jamais eu cette direction, et qu'il serait injuste, comme je l'ai déjà plusieurs fois fait observer, d'imposer la servitude à une nouvelle rue, pour en affranchir celles qui la subissaient autrefois ; 2° parce que ni l'intérêt public, ni l'ordre naturel des choses n'exigent ce changement ; et que même la pente naturelle du sol indique plutôt de laisser couler les eaux dont il s'agit, par la rue du Séminaire, la rue des Rôtisseurs, et la rue des Liniers, que de leur faire prendre leur cours par la rue Tavelle ; 3° parce que la rue des Liniers, et par suite les rues de St.-Nicolas, de la Vierge-Marie et de St.-Fiacre, qui, dès avant 1826, recevaient une très grande partie des eaux de la Porte-Robert et de l'Épine-en-Pied, seront déjà bien soulagées par l'envoi de toutes ces eaux à la rue de l'Arbre-d'Or et à la rue des Fromages ; 4° parce qu'adopter cette mesure ce serait imposer *arbitrairement* aux rues des Rattelots et du Temple une servitude probablement plus lourde que celle que les rues des Liniers, de St.-Nicolas, de la Vierge-Marie et de St.-Fiacre doivent *légalement* supporter : en effet, les rues des Rattelots et du Temple reçoivent déjà, ou doivent recevoir, les eaux de la rue Tavelle, d'une bonne partie de la Grand'Place, de la rue des Clefs, de la rue du Chapeau-Bordé, de la rue St.-Adrien, de la rue de l'Écu-d'Or, d'une partie de la rue St.-Martin, de la moitié de la rue des Croisettes, de la plus grande partie de la Place Ste-Croix, de la plus grande partie de la Place Fénélon, et de tout le contour de la salle de spectacle ; 5° enfin, parce que, pour établir une pente suffisante, de la rue des Rôtisseurs à la rue des Rattelots, il faudrait un travail immense, qui occasionnerait certainement beaucoup de frais à la ville, et probablement du préjudice à un certain nombre de maisons : il faudrait un remblai considérable dans une grande partie de la rue des Rôtisseurs, ainsi que dans une assez grande partie de la rue des Liniers, et dans une partie de la Grand'Place; il faudrait de plus un déblai dans une autre partie de la Grand'Place, ainsi que dans toute la rue Tavelle.

Je suis donc d'avis que la troisième partie du plan de M. Leroy soit écartée, et qu'à cet égard, on rétablisse simplement l'ancien état de choses, en rendant aux eaux de la rue St.-Jean leurs deux anciens écoulements, l'un par la rue du Séminaire et la rue St.-Nicolas, l'autre par la rue des Rôtisseurs, la rue des Liniers et la rue St.-Nicolas. En rendant au filet de droite de la rue St.-Jean son ancienne direction vers la rue des Rôtisseurs, on fera une chose non seulement juste, mais encore fort utile à un édifice **Bibliotheque publique.** public; on délivrera les abords de la Bibliothèque communale d'une mare fort désagréable et d'un amas de boue continuel, occasionné par le déblai fait en cet endroit en 1826. Ce changement nécessitera un léger remblai sur une longueur d'environ quinze mètres dans la partie de la rue St.-Jean en face de la Bibliothèque et de la rue du Séminaire, et un déblai d'une très médiocre étendue sur l'extrémité de la Place-au-Bois. Après cela, il serait utile d'établir, dans la partie supérieure de la rue des Rôtisseurs, une communication entre le filet de droite et celui de gauche, au moyen d'un ruisseau en travers de la rue, afin de maintenir une juste proposition entre les deux filets d'eau. Autrefois, il existait un ruisseau de ce genre qui coupait la rue des Rôtisseurs à l'endroit de la rue Neuve et de la rue des Juifs. Pour la susceptibilité de l'œil, le ruisseau que je propose ne ferait que remplacer celui-là, ou, si on l'aime mieux, celui qui traverse actuellement l'entrée de la rue St.-Jean. Il serait bon aussi de rétablir l'ancienne décharge de la rue des Rôtisseurs sur la rue des Liniers, par la rue des Juifs, afin d'éviter à une grande partie des eaux le long circuit par le coin de la Grand'Place, et pour alléger d'autant une grande partie de la rue des Liniers; un déblai de deux ou trois pieds carrés d'étendue, à l'entrée de la rue des Juifs, suffirait pour cela.

On voit que je suis cependant d'accord avec M.

Leroy, sur un point particulier de la troisième partie de son plan, et que je demande, comme lui, que la rue des Clefs et la rue Tavelle se déchargent dorénavant, comme autrefois, dans la rue des Rattelots. Ce n'est que depuis quelques années que les eaux de ces deux rues s'écoulent dans la rue Quérénain, pour de là gagner l'égout du Pont de Bon-Secours, par la rue Fénélon. Outre le motif résultant de l'ancien état de choses, il importe de ne pas laisser ce surcroît à la rue Fénélon, qui aura bien assez d'eaux, sans celles là. Il suffira, pour opérer le changement que nous demandons ici, non pas d'un remblai ou d'un déblai proprement dit, mais de faire incliner une douzaine de pavés en sens inverse de leur inclinaison actuelle; on pourrait, au reste, très-facilement partager également ces eaux entre les deux filets actuels de la rue des Rattelots.

Autant je me suis montré opposant à la troisième disposition principale du plan de M. Leroy, autant j'applaudis à la quatrième. Celle-ci consiste à rétablir, à très-peu de choses près, l'ancien état de choses, dans tout le quartier de St.-Sépulcre; elle consiste à rendre aux eaux de la rue des Pochonnets, de la rue Aubanche, de la rue des Anges et de la rue du Séminaire, leur cours vers l'Escaut, en les faisant passer, comme elles passaient autrefois, par le bout de la rue des Liniers et la vieille rue St.-Nicolas, qui correspond très-bien, et pour la direction, et pour l'élévation, à l'entrée de la rue de la Poste-aux-Chevaux, et de la Vierge-Marie.

M. Leroy propose, avec autant de justice que de raison, un déblai (qui ne sera que la suppression du remblai fait en 1826) dans la partie inférieure

Quatrieme partie du plan de M. Leroy.

de la rue du Séminaire, dans la partie supérieure
de la rue St.-George, ainsi qu'à l'entrée de la rue
Neuve-St.-Nicolas et de la rue des Liniers. Ce déblai fera cesser le préjudice grave que les maisons
de ce contour ont éprouvé par suite des travaux de
1826. Ce déblai ne devra pas être de plus de deux à
trois pieds dans sa plus grande profondeur, c'est-
à-dire au point de jonction des quatre rues : il sera
inutile pour la rue St.-George de la pousser au-delà
de la porte de la maison de M. Foulon, notaire : on
pourrait aussi, pour les rues Neuve-St.-Nicolas, et la
rue des Liniers, réduire l'étendue du déblai indiqué
par M. Leroy. Ce sera d'ailleurs le moyen d'éviter
tout remblai dans la rue St.-Nicolas, et d'écono-
miser la pente vers la rue St.-Fiacre et la rue des
Sottes. Pour rendre l'opération de ce déblai plus
efficace, je proposerai de rétablir dans son ancien
état la partie inférieure de la rue du Séminaire, qui
à compter de la rue des Anges, est beaucoup
moins large que dans la partie supérieure. Je propose donc que, vers le point de la rue des Anges,
les deux ruisseaux de la rue du Séminaire se réunissent en un seul, placé au milieu. Outre que les caves
courront beaucoup moins de danger d'être inondées, lors des pluies extraordinaires, et que les piétons auront un chemin beaucoup plus commode,
on pourra, de cette manière, donner aux eaux un
tournant beaucoup plus facile pour entrer dans la
rue des Liniers et ensuite dans la rue St.-Nicolas,
dans laquelle rue St.-Nicolas il est d'ailleurs indispensable qu'elles ne forment plus qu'un seul filet
le long du rang de gauche (en descendant), l'autre coté devant être occupé par le filet venant de

l'autre partie de la rue des Liniers. Je propose également que les deux ruisseaux de la rue St.-Nicolas, qui traverseront le bas de la rue de Noyon, ou plutôt le haut de la Place St.-Sépulcre, se réunissent en un seul pour entrer dans le bout de la rue de la Poste-aux-Chevaux et dans la rue de la Vierge-Marie, et suivre ainsi la rue St.-Fiacre et la rue des Sottes. Mes motifs sont les mêmes que ceux que j'ai fait valoir pour la partie inférieure de la rue du Séminaire, et en général pour toutes les rues étroites. Il sera facile de donner à ce ruisseau unique une capacité plus grande que celle des deux ruisseaux actuels ensemble. Outre les avantages qui résulteront de ce mode, comme je le disais tout-à-l'heure, et pour les maisons, et pour les particuliers, lors du passage de voitures, on y trouvera encore celui-ci, que chacun, même pendant les grandes pluies (je ne parle pas ici des ondées tout-à-fait extraordinaires), pourra sortir de chez lui, circuler sur son rang, et continuer même sa course, sans être obligé de mettre le pied dans l'eau, au moins aussi long-temps qu'il n'aura pas besoin de passer de l'autre côté de la rue.

Ceci me fait penser à un expédient particulier pour l'entrée de la rue de la Poste-aux-Chevaux, qui était autrefois, et qui doit redevenir (quoiqu'avec une différence notable) un passage incommode, lors des grandes crues. Le système suivi par nos pères, d'un ruisseau unique au milieu de la rue, n'exclut pas la possibilité de petits trottoirs : je propose donc que l'on fasse, de chaque côté de la partie de la rue de la Poste-aux-Chevaux qui recevra les eaux dont il s'agit, un trottoir assez élevé, d'une

largeur de trois pieds environ. Ce trottoir n'entravera
point le passage des voitures, et procurera en outre
aux piétons une circulation plus facile, en rendant
inutiles les bornes qui sont maintenant placées contre quelques maisons. Au moyen de ces deux petits
trottoirs et du changement dont j'ai parlé tout-à-
l'heure pour les rues de la Vierge-Marie et de St-
Fiacre, les habitants de ces rues et de toutes les
autres rues qui débouchent dans celles-là, ou qui
en dépendent, pourront, même pendant de très
fortes pluies, arriver à la place St-Sépulcre et à la
Cathédrale, les pieds secs, en suivant chacun le
rang de sa maison, et ensuite celui des deux trottoirs de la rue de la Poste-aux-Chevaux, qui se
trouvera de son côté.

Pour ceux qui arriveront par le trottoir du côté
de la rue de Noyon, ainsi que pour les personnes
qui viendront de la rue de Noyon, le trajet de la
place St-Sépulcre ne présentera plus l'embarras
d'autrefois, par la raison que le gros ruisseau, venant
de la rue St-Nicolas, qui la traversait alors, sera
partagé en deux, comme il a été exposé tout-à-
l'heure; par la raison encore que la masse d'eaux de
la rue St-Nicolas sera sensiblement moins forte
qu'avant 1826, les eaux de la Porte-Robert et de
l'Epine-en-Pied n'y arrivant plus. Néanmoins, par
surcroît de précautions, et pour les cas d'ondées
extraordinaires, je proposerai encore un expédient
pour le trajet de la rue de Noyon à la Cathédrale.
Il y a maintenant, au bas de la rue St-Nicolas, deux
bouches d'égout, auxquelles on pourrait donner la
qualification de croc-en-jambes ou de casse-cous,
qui pendant le jour menacent le passant inattentif,

et pendant la nuit exposent tous ceux que leurs exhalaisons n'avertissent point suffisamment : Eh bien, je proposerai de remplacer ces deux bouches, aussitôt qu'elles auront été comblées, par deux pierres de trois pieds de large et de trois pieds de long, de l'épaisseur d'un pied, et échancrées par-dessous, de manière à présenter, au-dessus du fond de chaque ruisseau, une voûte haute d'environ seize pouces, et large de deux pieds. Il serait facile de disposer le pavé de chaque côté du ruisseau, de manière que ces pierres fissent simplement au dehors l'effet d'une marche de la hauteur de huit à dix pouces : et voilà deux ponts qui rendront facile, même au moment des giboulées et des pluies d'orage, l'accès de la Cathédrale et de l'Evêché. Le ruisseau, par fois assez gros, qui passe maintenant tout près du perron de la Cathédrale, devant être fort réduit, en ce que, comme avant 1826, il ne recevrait plus que les eaux de la rue Neuve-St-Nicolas et d'une petite partie de la rue St-Georges. Ces petits ponts ne seraient pas, à beaucoup près, aussi dangereux, ni surtout aussi perfides, que les deux bouches qui existent actuellement; ils seraient plus sûrement aperçus et n'auraient guères plus d'inconvénients que les bords des trottoirs.

Enfin le résultat le plus important et le plus urgent de ces dispositions de la quatrième partie du plan de M. Leroy, c'est que les fossés de la porte St-Sépulcre n'auraient plus, comme autrefois, que les eaux de la rue Neuve-St-Nicolas, de la place St-Sépulcre, de la rue de la porte St-Sépulcre et de la rue des Vaches : et ces eaux tomberaient, comme jadis, de la hauteur du pavé de la porte.

Ces dispositions exigeront, outre le déblai dont j'ai parlé, à la jonction des quatre rues du Séminaire, de St-Georges, des Liniers et de la rue Neuve-St-Nicolas, un très léger remblai sur le haut de la place St-Sépulcre, pour le filet de gauche (en descendant) de la rue St-Nicolas : et même ce léger remblai pourra être évité, si on veut diriger, aussitôt en sortant de la rue St-Nicolas, ce filet vers le milieu de l'entrée de la rue de la Poste-aux-Chevaux, pour faire, comme je l'ai exposé, sa jonction avec l'autre filet. Il suffira ensuite de faire, dans le bout de la rue de la Poste-aux-Chevaux, ainsi que dans la rue de la Vierge-Marie, la rue St-Fiacre et la rue des Sottes, le déblai nécessaire pour le rétablissement de l'ancien ruisseau au milieu de ces rues. Il importera que l'on donne à ce ruisseau la même forme et au moins la même capacité qu'a maintenant celui de la rue de l'Arbre-d'Or, dont j'ai déjà parlé.

Après cela, pour la suppression de l'égoût de la porte Saint-Sépulcre, il suffira d'en faire disparaître les bouches, ou, en d'autres termes, d'en combler les puits. Pour éviter que les terres qu'on y jettera ne passent, peu à peu, des puits dans les galeries, et n'occasionnent par la suite des affaissements au pavé, il sera nécessaire de faire un barrage en maçonnerie à chaque entrée de galerie. Il sera en même temps de quelqu'utilité de démolir le revêtement des puits et d'en extraire les pierres. Démolir les galeries serait, selon moi, une dépense tout-à-fait superflue, outre les inconvénients, et, entre autres, celui d'entraver la circulation pendant quelque temps.

La cinquième partie du plan de M. Leroy est relative à la distribution des eaux qui doivent tomber dans l'Escaut, par l'égout de la rue de Prémy. J'en approuve beaucoup les dispositions, à quelques légères modifications près.

De tous les points de déversement dont il est question dans ce travail, l'égout de Prémy est celui qui reçoit actuellement et qui, d'après les distributions proposées, doit continuer à recevoir la moindre quantité d'eau. M. Leroy demande, et je suis entièrement de son avis, que toutes les eaux de la rue Saint-Martin s'écoulent dorénavant dans la rue des Chanoines, pour de là suivre la rue Saint-Julien, et gagner ainsi l'égout de Prémy. J'observerai que, pour obtenir ce résultat, un remblai sur la place Saint-Martin n'est nullement nécessaire; mais il suffira de changer la partie du filet de gauche qui commence à faire un angle vers l'emplacement de l'ancienne église de Saint-Martin, et longe ensuite le rang de la Place, dans la direction de la rue de Noyon : il suffira, dis-je, de faire continuer à ce ruisseau de la rue Saint-Martin sa ligne droite sur la Place (dans la direction de la maison de Daniel Legrand), jusqu'au point convenable pour le tournant de la rue des Chanoines, vers lequel point je propose, avec M. Leroy, que les deux filets se réunissent en un seul. De cette manière, et sans aucun autre travail, les eaux de plus d'un tiers de la Place St.-Martin s'écouleront facilement dans la rue des Chanoines. Les eaux de l'autre partie sont trop peu de chose, vu la très-médiocre étendue de cette Place, pour ne pas leur laisser leur pente actuelle vers la rue de Noyon. Un remblai dans cet endroit pourrait d'ailleurs nuire à la circulation des voitures.

3

En revanche de cette petite simplification d'une disposition de M. Leroy, je proposerai, à mon tour, un travail dont il n'a point parlé; je demanderai un changement dans la rue des Chanoines. Cette rue, qui est d'une très-médiocre largeur, a sans doute gagné, pour le coup-d'œil, à son nouveau genre de pavement; mais, pour la propreté, et la facilité de la circulation des piétons, pendant les mauvais temps, elle a beaucoup perdu. Pour ces motifs, et pour obtenir un écoulement mieux ordonné des eaux, je demande qu'elle soit repavée d'après l'ancien système, c'est-à-dire avec un unique filet dans le milieu, filet qui ne commencerait à être divisé en deux qu'à l'entrée de la place Sainte-Croix, et continuerait ainsi jusqu'au bas de la rue Saint-Julien.

Pour faire couler toutes les eaux da la rue Saint-Martin dans la rue des Chanoines, il sera nécessaire aussi de faire un léger remblai, de deux ou trois pieds d'étendue, à l'entrée de la rue Saint-Adrien, dans laquelle une partie de ces eaux s'épanchent actuellement.

Quoique la rue de l'Aiguille se soit toujours déchargée dans la rue St.-Fiacre, par la rue des Ecoles, je proposerai, avec M. Leroy, qu'à l'avenir elle verse ses eaux dans la rue de l'Epée. Ce serait un petit soulagement pour la plus grande partie de la rue St.-Fiacre, et ce ne serait nullement une surcharge pour la rue de l'Epée, qui ne reçoit maintenant les eaux d'aucune rue. Je pense donc que c'est ici le cas de faire application de cette maxime : *Ce qui est utile à l'un et ne nuit point à l'autre doit, en bonne équité, être toujours admis.* Inutile sans doute de faire observer que les eaux venant de la rue de l'Aiguille seraient désormais peu considérables, cette rue ne devant plus, d'après ce qui a été dit plus haut, rien recevoir de la rue des Chanoines. Il est vrai que les eaux de la rue de l'Aiguille, dirigées de cette manière, aboutiraient toujours à la rue Saint-Fiacre, par la rue des Sœurs-de-Charité; mais ce serait à l'extrémité opposée à celle qui aura la grande charge

Pour opérer ce changement de la rue de l'Aiguille à la rue de l'Epée, il suffira de faire, à la jonction de ces deux rues, un remblai, ou plutôt un simple repavement, sur une étendue de deux à trois mètres carrés.

L'exécution de la cinquième partie, ainsi modifiée, du plan dont il s'agit, n'exigerait donc de dépense un peu notable que pour le dépavement et le repavement de la rue des Chanoines.

D'un autre côté, les seuls travaux un peu considérables de la quatrième partie sont le déblai de portions des quatre rues du Séminaire, de St.-Georges, des Liniers et de la rue Neuve-St.-Nicolas, et puis le déblai et le repavement du bout de la rue de la Poste-aux-Chevaux, d'une partie de la rue de la Vierge-Marie et de la rue St.-Fiacre jusqu'à la rue des Sottes, ainsi que de cette dernière rue. Les trois premières parties, avec les modifications que j'ai proposées, ne nécessiteraient que des frais beaucoup moindres. Je pense donc que l'exécution de tout le plan, tel que j'ai cru devoir le simplifier et modifier, n'entraînerait pas une dépense de plus de dix à douze mille francs, si tant était qu'elle atteignît cette somme. On pourrait regarder cette dépense, pour la ville de Cambrai, comme bien modérée, surtout en considérant le mal qu'elle ferait cesser, et le bien-être qu'elle lui procurerait.

Je ne dois point omettre de dire ici que j'ai fait part à M. Leroy de tous les changements que je propose à son plan, et qu'il les a tous approuvés, à l'exception de ce qui est relatif aux eaux de la rue St.-Jean.

Voilà donc tout le plan de M. Leroy examiné, et mes observations sur ce plan terminées. J'arrive maintenant à la cinquième des questions que j'ai posées en commençant mon travail.

5ᵉ Question.

Serait-il prudent, serait-il convenable d'adopter un système nouveau, un système qui ne rentrerait ni dans l'état de choses antérieur à 1826, ni dans l'état de choses actuel ?

La méprise très-fâcheuse de 1826 nous a, du moins, procuré une utile leçon : elle nous rappelle le danger des innovations ; elle nous dit de prendre garde à examiner un peu plus mûrement, à peser avec un peu plus de soin les actes de nos Pères, avant de les juger, comme aussi de respecter un peu plus les dispositions qu'ils ont faites, et les limites auxquelles ils se sont arrêtés.

Nous sommes, s'il m'est permis de me servir ici de cette expression, *bien payés* pour nous montrer doublement circonspects pour l'admission de tout système nouveau. On trouve dans l'ancien mode d'écoulement des eaux de Cambrai, surtout avec les légers perfectionnemens dont il est susceptible, des avantages incontestables, des résultats fort satisfaisants. Irons-nous chercher dans des voies inconnues à l'expérience, dans des théories toujours incertaines, de plus grands avantages? Ferons-nous comme ces gens à qui la prospérité elle-même semble devenir importune, quand ils y sont parvenus, ou comme ces malades, qui s'imaginent que leur soulagement ne tient qu'à changer leur couche?

Je vais néanmoins examiner sérieusement la nouvelle conception qui a déjà retenti aux oreilles d'un grand nombre d'habitans de Cambrai, la nouvelle recette proposée pour nous délivrer de nos souffrances et de notre gêne.

Il s'agirait d'ouvrir des abîmes, d'établir dans la ville d'immenses puisards, pour recevoir et absorber les eaux de nos rues. Mais ne serait-ce point encore uniquement déplacer le foyer d'infection? N'y aurait-il pas, même, danger d'augmenter sa maligne influence, en le fixant au cœur de la ville? Ne serait-ce point là introduire dans la cité l'ennemi qui investissait ses murailles? Ne pourrait-on pas craindre que ces gouffres ne vinssent, en certains momens, à déborder et à occasionner alors des inondations sans remède? N'aurait-on pas droit d'appréhender que ces eaux ne vinssent à miner les fondemens de la ville, et à occasionner d'affreux éboulemens? Car on sait qu'une grande partie de Cambrai repose sur des voûtes et des piliers découpés dans des rocs, ou dans des moëllons plus ou moins compacts, et qui offrent une solidité, ici plus ou moins à l'épreuve, là plus ou moins précaire. D'un autre côté, combien de caves en souffriraient! Mais le plus grand inconvénient du système dont il s'agit, c'est que les sources, naturellement si bonnes, et déjà infectées ou altérées dans une grande partie de la ville, rencontreraient un germe de corruption plus puissant et plus actif que jamais. La grande partie du peuple est condamnée à ne boire ordinairement que de l'eau : elle serait fortement menacée de ne pouvoir plus en boire de bonne ni de vraiment pure, si, contre toute attente, la mesure nouvelle était adoptée !

Il y a des personnes qui s'inquiètent peu de la corruption de l'air et de l'altération des eaux : elles regardent ces maux comme des bagatelles, et vous affirment, le plus sincèrement du monde, que cela n'a encore occasionné la mort, ni même altéré la santé de personne. J'ai déjà touché la question d'hygiène, dans la première partie de mon travail; et si je n'ai pas voulu entreprendre de la discuter plus à fond, ç'a été moins pour éviter de me mettre aux prises avec des savants, que parce que j'étais convaincu que rien ne répond mieux aux théories les plus spécieuses, que le sens commun; et que l'expérience fait la meilleure justice des systèmes et des paradoxes les plus subtils. Je me contenterai donc encore ici de quelques observations bien simples. Si les exhalaisons de l'égout dont il s'agit, et de sa longue suite d'eaux fangeuses, ne doivent influer en rien sur le bien-être physique des habitants de Cambrai, pourquoi, dans tant de contrées, ces grands efforts et ces grands frais pour le dessèchement des marais ? Encore la plupart de ces marais n'ont pas d'autre inconvénient que celui d'eaux stagnantes; elles ne sont point corrompues. Pourquoi ce soin minutieux pour entretenir la propreté dans les villes, surtout lorsque on est menacé d'une épidémie? Pourquoi cette précaution de transporter les cimetières, non-seulement hors des villes, mais encore à une certaine distance de leurs enceintes? Je gagerais néanmoins que tous les cimetières de Cambrai réunis n'ont pas répandu, en cinquante ans, autant de miasmes, que les fossés de la Porte St.-Sépulcre, pendant la moitié d'un été. Une espèce d'épidémie s'est déclarée tout récemment dans une partie de la ville d'Arras; et, en attendant que la science prononce, on a généralement attribué ce fâcheux événement à la petite rivière appelée le Crinchon, qui coule dans ces quartiers, et dont les exhalaisons sont loin cependant d'être comparables à celles de nos fossés de St.-Sépulcre. On pourrait encore citer ici l'ancienne réputation de la ville de Gravelines. Si la qualité de l'air et de l'eau ont aussi peu d'action sur la santé que le prétendent certaines personnes, pourquoi les habitants de telle ville ou de tel village voisins de simples marais sont-ils, pour la plupart, affectés, les uns d'humeurs froides, les autres d'infirmités non moins fâcheuses ? Pourquoi, dans telle ville, dans tel canton, presque toutes les femmes sont-elles sujettes, jeunes encore, à perdre leurs dents, et pourquoi cela est-il généralement attribué à l'air et aux eaux de ces contrées ? — Mais voici tel habitant d'endroit marécageux, qui jouit, sous tous les rapports, d'une plus belle santé que tel ou tel habitant du pays réputé le plus avantageux pour l'air et pour l'eau. — Vain sophisme : autant vaudrait nous venir dire : Voilà tel malheureux qui ne se lave jamais et qui se porte mieux que bien des gens qui se lavent tous les jours; donc la propreté du corps est chose indifférente à la santé ! Voilà tel autre qui habite une cave humide, et qui se porte mieux que tel qui habite l'hôtel le plus heureusement situé ; donc le séjour d'une cave infecte est aussi bon pour la santé que le séjour d'un palais !

Il est donc manifeste, aux yeux de tout homme exempt de prévention, que l'innovation dont il s'agit aurait des suites funestes de plus d'une espèce; mais pour ne laisser rien à objecter, voyons si, au moins, elle pourrait faire cesser le mal pour lequel les travaux de 1826 ont été entrepris. Eh bien, il me paraît évident qu'à moins qu'on ne creusât dans Cambrai une douzaine de puisards-monstres, et qu'on ne leur donnât des ouvertures d'une dimension extraordinaire et par conséquent très dangereuses, tant pour la circulation que pour les exhalaisons, nous aurions encore, lors des fortes ondées, des ruisseaux qui déborderaient et incommoderaient le passage, comme cela arrive même dans les villes les mieux pourvues d'égoûts : Il est vrai que les bouches d'égoûts, dans les autres villes, sont loin, en général (et pour cause) d'être aussi larges que celles des égoûts de Cambrai, et qu'elles ne présentent même ordinairement qu'une ouverture horizontale, étant recouvertes d'une pierre.

Mais c'est accorder trop de temps à une pareille discussion; et, indépendamment même de ce que je crois avoir démontré sur les avantages de l'état de choses antérieur à 1826 et les perfectionnements que l'on peut y faire, je ne doute pas que le conseil municipal ne se prononce pour la négative dans la question actuelle, qui est la dernière des cinq que j'avais à traiter.

RÉSUMÉ

de toute la discussion.

En résumé, je crois avoir suffisamment prouvé :

1° qu'il ne serait ni convenable ni juste de conserver l'égoût de la porte St-Sépulcre, parce qu'il en résulte des inconvénients très graves pour une grande partie de la ville, dont la salubrité est même compromise, et un préjudice très considérable pour un certain nombre de propriétaires ; 2° que l'égoût de la porte St-Sépulcre n'est susceptible d'aucune amélioration, d'aucun changement qui puisse en détruire ni neutraliser les fâcheux effets ; 3° que l'ancien état de choses était très avantageux, en ce qu'il avait pour résultat de faire tomber presque toutes les eaux de la ville dans l'Escaut, et qu'il était de beaucoup préférable au changement qui a été fait, parce qu'il n'avait point les inconvénients de l'aquéduc, tandis qu'au contraire l'aquéduc, outre ses propres inconvénients qui sont extrêmement graves, offre encore tous les inconvénients de l'ancien état de choses ; 4° que cet ancien état de choses est susceptible de quelques perfectionnements qui pourraient lui faire atteindre encore plus promptement et plus complètement son but important, sans causer de préjudice proprement dit à des particuliers, et qui en même temps diminueraient ce qu'il avait d'onéreux pour quelques rues, au moyen d'une plus grande subdivision de quelques masses d'eaux; que la plupart de ces perfectionnements se trouvent indiqués dans le plan de M. Leroy; que néanmoins plusieurs dispositions de ce plan sont susceptibles, à leur tour, de diverses simplifications ou améliorations; que la troisième disposition principale de ce plan ne peut être admise, parce qu'elle serait contraire à la justice, funeste dans ses conséquences, extrêmement difficultueuse et coûteuse dans son exécution; 5°

Enfin qu'il ne serait ni convenable ni prudent
d'adopter un système nouveau, parce que tout
nouveau système, et particulièrement celui dont il
pourrait être question, renferme beaucoup de dan-
gers; et que, d'un autre côté, on a, pour ainsi parler, sous la main, un mode dont l'expérience a
démontré l'immense avantage, qui pourrait être
rétabli à peu de frais, et qui, au moyen de quelques légers perfectionnements, ne laisserait rien de
tant soit peu important à désirer.

Me voici donc arrivé à la fin de ma tâche. Ici
j'entends quelques personnes, d'ailleurs très-hono-
rables, me dire que j'ai fait entrer trop d'économie
dans mon travail. Mais ma conviction est que l'économie est un des caractères essentiels d'une bonne
administration, et que l'intérêt d'une ville doit toujours être inflexiblement placé avant l'intérêt des
entrepreneurs. Ma conviction est que les projets
et plans de travaux doivent être élaborés et arrêtés
avec la même attention et le même soin, avec les-
quels leur exécution doit être inspectée et contrôlée.
Quand les intérêts publics ne sont pas bien étudiés
et bien défendus, l'intérêt particulier, même avec
les intentions les plus honnêtes, ne manque pas de
les déborder et de les entamer.

Je ne sais si je me suis bien acquitté de la tâche
que je m'étais imposée. Je n'oserais me flatter d'être
parvenu à dire tout ce qu'il fallait et rien que ce
qu'il fallait; mais, au moins, tel a été le but constant
de mes vœux et de mes efforts. Ma conscience me

rend ce témoignage consolant, qu'aucune considération personnelle, qu'aucune prédilection, comme
aucune aversion, ne m'a préoccupé ni influencé;
et que l'amour du bien public, le désir de voir
triompher la vérité et la justice, m'ont seuls animé
et soutenu pendant ce travail long et épineux; travail que du reste je n'ai entrepris, je l'avoue, qu'a-
près y avoir été engagé par l'exemple d'un bon et
zélé citoyen, qui s'était empressé de payer le tribut
de ses lumières et de ses efforts désintéressés à la
chose publique, vers laquelle les bons esprits jettent
un regard plein d'espérance, en voyant déserter le
sol ingrat et aride de l'individualisme.

Veuillez agréer les civilités respectueuses de celui
qui a l'honneur d'être,

Monsieur le Maire,

votre très-humble et très-dévoué
serviteur.

L.***

Cambrai, le 19 mars 1836.

TABLE.

———

www.ingramcontent.com/pod-product-compliance
Lightning Source LLC
Chambersburg PA
CBHW061716180626
46818CB00003B/1390